國土

郭成義

他們
一群失根的人
緊抱著過時的地圖
在秋海棠的形骸上
留下自慰的痕跡
藉以宣示自己夢幻的國土

詩的諷刺性

李魁賢

詩有五味：甜、酸、澀、苦、辣。五味雜陳，則味道各異，旨趣不同。味甜者少，僅佔其中一味，大抵情詩屬之，此涵蓋內向性的感情世界，或是少年浪漫情懷的領域。而現實層面的詩，或涉及社會現實者，則可能酸澀苦辣皆有，重點或比重差別而已。

諷刺詩文學之所以成立，乃詩人憑其機智，對醜惡或愚蠢之社會事物，以意象為手段加以評論針砭。欲產生強烈的諷刺效果，意象的布局，尤其是正反面向和對比，勢必要尖銳，而且一語中的，甚至要反置是非意義，才能發生劇烈的震撼效應，因而不必太過隱晦或迂迴曲折，宜直搗意象核心。

因此，諷刺詩的經營主旨，不在意象的新穎出奇，而在突顯不相類屬物象之特異排比，甚至以反面暗諷顛覆正面的明指。寫諷刺詩必須對社會下層結構有充分理解和感同身受，對上層作為洞見其弊和扭曲應然價值之虛矯，才能顯現諷刺之著力點。

郭成義年輕時即以詩才便捷著稱，出版過詩集《薔薇的血跡》和《台灣民謠的苦悶》，諷刺性已然成為他詩中的特色之一。二十餘年來，作為專業新聞工作人員，每天忙於處理最瞬時變化的現實題材，無暇兼顧感性境界的詩創作，知交咸惋惜久不聞其振聾啟聵。

然而，郭成義盛年自職場退休，重執詩筆，以媒體人多年訓練，對社會現實的敏感度特強，今輯成《國土》詩集一冊，即將出版，新作詩中更處處不經意間即顯露其所欲針砭之現象，諷刺性的發揮延續其早期詩的特質，增加了細緻而常人不易感受到的綿密夾角，型塑成一介獨自的風格。

郭成義曾以「大俠」筆名寫時評，識者不多，然重拾詩創作巨椽，展現詩俠之姿勢，卻立刻引人注意，而詩創作力的旺盛亦毫不減當年。欣見郭成義重出詩國江湖，必當有一番表現，故樂為之推荐，並綴數語以誌本人欣悅心情之一斑。

二〇〇九・七・十八

新聞詩，詩新聞

——郭成義的《國土》現象

李敏勇

○

《國土》是郭成義的一本新的詩集。

繼第二本詩集《台灣民謠的苦悶》（一九八七）之後，相隔約二十年，其實收錄的大多是近四年來（二〇〇六—）的作品，郭成義的詩業呈顯什麼樣的形貌，是否如他自己所說：「未脫離我一向以為詩只是純潔地為人間（或說人生）觀察或啟發的最高象限而存在」呢？四十三首詩建構的《國土》，呈現什麼樣的風景？當我在他的詩集付梓之前，拜讀他手製的樣稿書冊，這麼想像著。

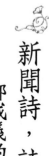

一

郭成義自敘當年流行「政治詩」或所謂「抵抗詩」的時候，他刻意未熱衷參與（請注意，「刻意」的警覺性和自律意味），等到這近三年，那些（政治詩或抵抗詩）類詩已經退潮之後，他反而「刻意」（請再注意，「刻意」的反逆性和固執意味）重新燃起對這種政經社會現實加以批判與嘲諷的慾望。

郭成義自己說，寫這些詩是參與新聞工作將近二十年所累積的個性或慣性反應，或說就是他頑皮的一面。的確如是。出版第二本詩集《台灣民謠的苦悶》之時和之前，郭成義一直在編輯出版的職場工作。那時候，台灣曾經時興政治詩（郭成義所提的抵抗詩，應該也在其中之列），那是一九八〇年代前後，相應於台灣民主化的文學現象。以民眾詩性質出現的政治詩，有過某種風潮。一些政治意識或意見，經由詩的形式發言。有些只有政治而沒有詩，與往昔高蹈主義的晦澀現象相比，出現另外一種相對問題性。郭成義以當時的際遇與情境，做出了冷漠以對的選擇，是有其道理的。而現在的道理呢？當然又是一種反逆現象，或說一種相應於他從編輯、出版人職場工作轉而在新聞人職場工作的自然現象。

其實，這些詩是他從報社主筆等職務退休下來，在他所謂的「餘裕的心情」——時間的餘裕或空間的餘裕，兼以有之——的狀況下完成的作品。一位對詩具有他的認識論（顯現在他的諸多評論文章），對詩具有他的實踐論（顯現在他的詩作品），顯現的正是他作為新聞工作者、政治評論者和生活者的詩觀照。

二

新聞是當時性的，過而即逝；而詩追求的是伴隨言語形式長存。有些新聞或成為觸媒，成為一首詩的創作契機，但新聞的當時性和即時性並不是詩的核心重點。強調新聞詩，如果執意於新聞，過分遷就於當時性和即時性，詩就會成為新聞，是新聞而不是詩。

郭成義深知這種情況，因此他說：「詩集裡的有些詩，本來是要朝『新聞詩』發展，但最後又不甘願只成為新聞詩，不免有些矛盾……」，他尋求解決這種矛盾，在題材和表現的關係，在裝置上用了心，應該是有警覺性。

四十三首詩裡，明顯的新聞詩就有加上附註新聞時點的十四首，其中「〇六年九月凱道詩抄」的七首更是，包括〈籍貫〉、〈通緝犯〉、〈道歉〉、〈革命家的塑像〉、〈狠角色〉、〈台灣紅〉、〈紅場〉，直辟入裡，簡直就是新聞報導和評論的綜合體。

害怕失去祖國
他們走上街頭
——〈籍貫〉

他們掏空這邊的資源
到那邊去洗盡罪名
——〈通緝犯〉

……當年K黨教我們

要與中共誓不兩立
血債血還
現在K黨教我們
與中共稱兄道弟

——〈道歉〉

民主時代
革命家仍然高喊反政府
但沒有軍警會拘捕他
只有一本風流史
陪他露宿街頭

——〈革命家的塑像〉

施明德撂狠話
范可欽撂狠話

簡錫堦撂狠話
高凌風撂狠話
——〈狠角色〉

和平的廣場
出現了一群紅衣人
就像遍地紅軍
殺進來了
——〈台灣紅〉

天安門的紅衛兵
高唱「滾他媽的蛋　造他媽的反」
……
……凱達格蘭大道重現
小小紅衛兵

在高台上大喊
「把總統送上斷頭臺！」
——〈紅場〉

對於二〇〇六年凱達格蘭大道紅衫軍之亂的新聞留有印象的人，從這幾首詩，不難重現那樣的歷史，也不難從中閱讀到郭成義的觀照與批評。不以新聞詩的方式處理這些新聞裡的歷史或歷史裡的新聞，郭成義作為一位詩人似乎無法自己。露骨的言說裡，顯示的就是明確的諷喻和批評，詩人的觀點裡有些寧願把藝術讓位給社會介入，或是尋求藝術與社會介入的新可能。

三

這讓我想到白萩的〈紅螞蟻〉和〈人民草〉，甚至〈無名勇者的歌讚〉，觀照的視野是一九八九年中國北京的天安門事件。

國土

一隻隻
一列列
急速地
從巢穴竄出
人民英雄碑下有
百萬隻的螞蟻在騷動
　　——白荻〈紅螞蟻〉

談民主的　竟然是
成排成列的
軍靴　對話的　竟然是
隆隆壓碾的坦克答答的機槍
　　——白荻〈人民草〉

天安門成堆的人民
頓時張開驚慌的口

全世界的人民
肅身注以驚訝的眼
——白萩〈無名勇者的歌讚〉

白萩講求詩做為藝術應具有的形式，即使他詩裡的指謂具有現實性，他仍然努力賦予形式意義，避免成為新聞的即興詩。郭成義當然也有這方面的藝術自覺和形式堅持，但他與自己之前的詩態度畢竟有些不一樣，有時候寧可「犧牲色相」以求真，直接就在新聞的性質與詩對決了。具體而露骨的一個一個新聞人物的名姓羅列在詩中，這種裸裎性質，想是一種執意。是詩人抑或是新聞人？郭成義想必糾結在自己身分的難題或重疊性質裡。

四

郭成義在《國土》這本詩集裡的〈清明構圖〉，是一首留有他二十年前作品氛圍的詩。死去的男人和掃墓的女人，以及投射在牆壁上有著突出的乳房的女人的影子的構圖，形成《台灣民謠的苦悶》裡的況味，悲喜交織，在眼淚中可以看到敘述者刻意的反叉描繪。

但這畢竟是他前此的時期，郭成義詩人之路的過往階段構圖。讀到他〈五十自述〉系詩，不免讓人感到某種「倚老賣老」的心境。自我解嘲，帶來某種幽默性，讀來很親切，常常顯現郭成義的機智。

現在的我
每天找老朋友敘舊
證明我還存在

——〈我老了〉

在水底餵魚的男子知道
被隔離的我這個
五十歲男子的焦躁

——〈慾望城市〉

而發亮的頭皮
宛如攻陷的城堡
記錄著敵人的光榮
——〈掉髮記〉

健忘是上天恩賜的禮物
活得越老
能遺忘的就越多
——〈健忘症〉

五十歲，就以自我解嘲、自我調侃自娛娛人，日常生活的意味在詩裡流露，看得出一種達觀。

比起新聞詩，這種生活詩像是相對於社會的個人性自我探觸，讓人會心一笑。閱讀者在這些詩裡，可以看到對象，也可以看到自己，像是一面鏡子，是平鏡或凹凸鏡，就看每個閱讀者的處境了。

五

郭成義以「國土」為這本詩集命名，而詩集中的一首詩〈國土〉，以大黑熊、我和他們三種主詞敘說自己的領域觀。

大黑熊／挺直高大的身軀
在樹幹上來回摩擦著／留下牠的氣味
藉以宣示自己的地盤

我在床上／裸露著驕傲的慾望
在妻子恥部深處／不斷來回摩擦著
留下我的雄性荷爾蒙／藉以宣示丈夫的領土

他們／一群失根的人
緊抱著過時的地圖／在秋海棠的形骸上
留下自慰的痕跡／藉以宣示自己夢幻的國土

大黑熊的自然現象，男性的我、以及流亡的殖民者，不同的領域宣示反映不同的權力觀，把自己赤裸裸地放在詩的劇場上。三種況味中，讓人感受到不同的意味。諷喻對照、交映的舞台展出，但焦點集中在對於流亡殖民者的嘲諷。

這樣的嘲諷在詩集裡，成為國土觀照的強烈印象，出現在許多作品中：〈夜行〉、〈幽靈的寓言〉、〈鬼魂〉、〈颱風〉、〈○一年一月一日記事〉、〈吾愛〉、〈偶像〉……莫不是郭成義對國土的省察。

在這種省察中，一首純屬虛構、嚴禁巧合的〈這是個壞主意〉，極盡反諷地宣揚著禁止模仿的壞主意，既具有調侃性，也有顛覆性，像搖滾樂或RAP的饒舌歌，在崩壞的、迷亂的、悲情的台灣現實情境裡，就如一顆震撼彈一樣，重複、漸層性的相對論，交織著詩的行動意味，讓人感受到閱讀詩的暢快。這首詩，不只可以閱讀，也有傾聽的動人效果。

六

郭成義以詩描繪他的國土。他的私人領域和台灣的公共領域。他的詩不是怨嘆，而是幽默。他是一個自由的人，也尋求「在蒼青的山脈間／砍伐壞死的中國杉」；「在灰白的海岸帶／捕捉島嶼的寄居蟹」；「在血紅的土地上／播種綠色的稻秧」；「在自由的時代裡／尋求獨立生長」（獨立宣言——紀念鄭南榕）。

在他的詩集《國土》出版前夕，得以先在集稿中瀏覽了這幾年零散在報刊讀到的詩篇，感覺一位昔日常常在詩文學領域深談的一位朋友燃燒的詩情的焰火。新聞詩，詩新聞，也許是郭成義的《國土》現象，但看得出他是不只把詩停留在新聞的詩人，他只是藉著新聞在磨勵自己的詩。《國土》這本詩集的新聞現象，或會是一種火炬現象，會照亮出他更新的詩人之路。

目次

國土

清明構圖

升著火
而高昂地燃燒的
那女人
一邊
靜靜的擦眼淚

死去的男人
以著
墓碑上一株竄生的小草
出神的望著
在紙煙中踢腿的嬰孩

女人的陰影
從牆壁上
有著固執的乳房
突出

獨立宣言

——紀念鄭南榕

我是一個辛勤的人
在蒼青的山脈間
砍伐壞死的中國杉
在灰白的海岸帶
捕捉島嶼的寄居蟹
在血紅的土地上
播種綠色的稻秧
在自由的時代裡
尋求獨立
生長

我辛勤的耕耘
終於有了收穫
我燃燒自己
用四十年的烈火
熔鑄一座銅像
以鋼鐵的硬度
宣布永遠
獨立

我是一個自由的人

五十自述（四首）

我老了

我是一個活在過去的人
喜歡讀年輕時買的書
不喜歡讀流行書
喜歡六〇年代的詩
不喜歡現在的詩
喜歡老朋友
新朋友不多

後來有一天
我在斑剝的鏡子前
看到一個腐敗的人
我的臉在剝落
我的心在剝落
像科幻電影般
我變成了碎片
一片一片的解體
消失

現在的我
每天找老朋友敘舊
證明我還存在
或是從舊書堆裡
尋找歲月失去的鄉愁
我已經是個不能回頭的人

慾望城市

那年
女人的名字流行叫「寶寶」
她們藏在淡水、陽明山
或賓館

現在的女人流行叫「美鳳」
她們藏在
電視、光碟
或針孔裡

她們也在街道出沒
穿著細肩帶

橫越斑馬線
走進巷弄
繞過轉角
像水族館的魚
才在你面前百般挑逗
一溜煙又不知去向

在水底餵魚的男子知道
被隔離的我這個
五十歲男子的焦躁

掉髮記

原本濃密的頭髮
一夕之間

竟被攻城掠地
丟失大半領土
只剩下稀疏幾絡
差堪掩飾
歲月的窘迫

猶記不久前
還有人叫我少年仔
或叫我帥哥
或至少稱我為先生
直到理髮妹對我叫了聲ㄅㄟㄅㄟ
我才大夢初醒

禿頭成了我最大的夢魘
頭髮成為我珍貴的財產

那些失去的
何時回來
那些回不來的
又究竟流落何方
我像失根的浮萍
終日追尋散佚的失土

而發亮的頭皮
宛如攻陷的城堡
記錄著敵人的光榮

健忘症

找遍客廳、臥室、書房、廁所
最後在床上找到

被屁股壓扁了的
眼鏡

匆匆走出臥室
到了客廳卻忘了要做什麼
電視裡的明星
突然忘了她的名字
連叫兒子
也要把全家人點名一遍

出了門
又回來拿車鑰匙
拿了鑰匙出門
才記起又忘了帶證件
這是天天會發生的事

健忘是上天恩賜的禮物
活得越老
能遺忘的就越多
年少輕狂的唐突歲月
就此一筆勾銷

夜行

地表上
鬼魅的影子向前急行
棺形車廂承載著
幾世紀的黑暗史

輪子推動
公路統治的局面
失去主權的乘客被迫打盹
每一個搖晃
點一次頭

靠左
靠右
鼾聲此起彼落抗議
埋伏的野狗
也文攻武嚇
叫囂兩聲

後方正在消失
前途迎面而來
飛逝的光點
如導彈激射
散播戰爭的影像
乘客如夢初醒
從耗弱的引擎
傳來暴動的聲音

那是距離黎明最近的時刻
從腐敗的公路
破曉而出的上空
正在進行一場
曙色輪替的
柔性政變

船

乘著星光
乘著風
乘著烈日
乘著雨
失去土地的船
無家可歸
只能拖著滾滾熱淚
浪跡天涯

巨大的身軀
一直在顫抖

只為一個小小的夢
在飄搖的大海上
永遠不知道應該靠岸
還是漂泊
遠方的陸地
看起來像是家鄉
卻是那麼凶險

流浪的人啊
沒有根的人
永遠知道
靠岸不是回家
漂泊只是療傷
眼淚早已匯聚成浪
只有頻頻擦拭
藉此擺脫海的殖民

向前推進

而對岸模糊的影像
忽左
忽右
忽前
忽後
像海市蜃樓
激起滔天巨浪的爭端
終於失去了方向

不知道要開去哪裡的船
不知道自己就是家鄉
自己就是土地
依然在颱風和海嘯的危險地帶
空轉

幽靈的寓言

不死的幽靈
復活了
它拉長著臉
隨著宣傳車和旗幟
進佔每個失地
宣示光復

曾經被野放的軀殼
從腐敗的土地獲得生養
它不斷咀嚼
舊日強權的美味

終至腦滿腸肥
壯大
外來政權的願景

一夕之間
海洋變成了大陸
綠地變成了藍天
和解變成了仇恨
偽君子變成了共主

人們極度驚嚇
有人切腹自殺
有人跪地膜拜
他們割讓自己的脂肪
養大它的鼻息

肥大的幽靈
吸附著島嶼
曝曬對岸直射的陽光
逐漸幻化人形
原來是五千年的妖精

鬼魂

這裡到處
飄盪著鬼魂

他們沒有去處
也不屬於這個地方
他們拒絕承認身分
不能落地生根
他們目空一切
鄙視土地
反對陽光
他們慣於在銅像築巢
吸取陰影

並賴以寄生

打從我出生
他們就纏繞著我
直到現在
他們還以為
他們就是我的正統
我是他們的影子

他們看不到自己
以為別人也看不到他
他們到處撒野
洩漏他們形跡的
不是腳印
是纏繞他們五千年的
屍臭

國土

大黑熊
挺直高大的身軀
在樹幹上來回摩擦著
留下牠的氣味
藉以宣示自己的地盤

我在床上
裸露著驕傲的慾望
在妻子恥部深處
不斷來回摩擦著

留下我的雄性荷爾蒙
藉以宣示丈夫的領土

他們
一群失根的人
緊抱著過時的地圖
在秋海棠的形骸上
留下自慰的痕跡
藉以宣示自己夢幻的國土

颱風

狂風暴雨
捲起萬丈巨浪
從海岸穿越山脈
氣象預報：
民眾應嚴加戒備

夾帶土石流
滾滾泥漿排山倒海
氣象預報：
民眾應慎防
一部長篇累牘

殖民的黑暗史
被掩埋

路上積水成河
一片汪洋
氣象預報：
民眾應當心
被屠殺的遺跡
遭淹沒

風停雨歇
氣象預報：
颱風轉往華南
陽光即將普照
街道將恢復乾淨
人們開始清洗災情

我看見一具漂流屍
緩緩流向華南海岸
他的中原
向我們告別

〇一年一月一日記事

第一艘
卸下國旗的
小三通輪
向大陸啟航

九級風
把一艘擱置主權的船
打了回來
船長的航海日誌
寫著：轉進

太陽
笑笑地
在對岸升起
水手在甲板上
曝曬迷途的魚群

回家

回家的感覺真好
七十四歲的老人
終於回到家
興奮的向世界宣布
過去七十四年的委屈

可憐的老人
七十四年來
一直都沒有家
他暫厝的
只是一個收容所

裡面存放他的身分證
和七十四年的羞恥

他的身分證
沒有籍貫
也沒有住址
虛妄地活過七十四年
終於回到家鄉
和夢中的祖先相會
再也不想離開

當天
收容所報警協尋
自從走失一位爺爺之後
又走失了一名
喪失記憶的老人

戰鬥機

從太陽與雲的漏縫
穿越而過的是
不見聲影的戰鬥機
只留下一縷白煙
筆直的
劃破藍天
留下傷痕

繃帶般的白色線條
以割裂傷的結構
在天空凝結

殘肢的影像
最後會慢慢
慢慢的淡化
在看不見的高度

超音速戰鬥機
一直往前飛去
像傷退戰士一樣
紮著繃帶的白煙
慢慢斷了尾
直到完全消失

它到達的盡頭
遠遠地
是我們的國度
從天空投射下去

一張逐漸 fade out
難以承認的地圖

057 戰鬥機

鯨魚

一隻鯨魚
在電視螢幕上
游來游去
漫無目標地
迷航

巨大的水肺
靈敏的聲納
已經一無是處
子宮般的海洋
與母體絕緣

這是荒島
孤獨的荒島
與世界絕緣的地帶

迷失方向的鯨魚
衝撞著虛無的海岸
四面突圍
尋找海洋的出口
最後竟擱淺了

脫水的鯨魚
高舉著尾鰭
奮力拍擊最後的世界
直到心跳
停格

我們圍觀
一座稀世海島的
絕種標本

KTV

昏暗的包廂
我們盡情手舞足蹈
嘶吼鬼叫
唱得越大聲
越能宣洩心中的不滿
噁心的香煙和酒肉臭
表明我們很賭爛

走過隔壁的包廂
每一間都傳來
荒腔走板的歌聲

震耳欲聾的搖頭樂
他們扯破了嗓子
尖聲笑罵叫囂
宣洩比我們更多的不滿

直到有人開了一槍
像熔岩一樣爆發了
最大的不滿
大家驚慌逃竄
滿地的霓虹燈
把我們像岩漿
從淫夜的缺口流洩出去

第二天
昨晚的歡樂
隨著玻璃碎片和血跡

被掃進社會版的頭條新聞
然後被垃圾車
載走了

ＫＴＶ裡
繼續蓄積著
垃圾堆的能量
在腐壞的地心
熔岩

我的世界

她倒在我的身上
她醉了
她用酒精麻痺痛苦

她倒在我的身上
她哭了
她用淚水洗滌哀傷

她倒在我的身上
她累了
她用顫抖隔離絕望

我的眼前
還有一幕幕
匆忙的人群
恍如電視新聞
迅速跑過的畫面
他們也都醉了
他們也都哭了
他們也都累了

他們都心事重重
路口的紅燈一直閃個不停
我緊緊緊緊的抱住她
這個我的世界

懸疑

突然失蹤的那個人
當夜
狗發狂似的吠叫
整個村莊才感到
對狗的畏懼

狗目擊了
那個人的失蹤
以及蜷縮在牆角的
妻子的臉
兒子的眼睛

自此狗變得歇斯底里
常常拉高淒厲的嗓子
想要大聲張揚
語言卻像遭到閹割
突然變得陰陽怪氣
不被信任

很久很久以後
狗死了
妻子的臉黃了
兒子的眼睛紅了
他自此不再養狗
認為狗是叛徒
是他一生的恥辱

不但是他
全村莊的人也都知道
當狗狂吠的時候
記得把門窗關緊
不要讓叛徒進來

街道空蕩蕩
只有失蹤的那個人
和那隻狗
繼續在搜巡
故事的真相

志願兵的歸途

軍刀機
閃爍著
雲層的保護色
偷偷闖入
天空的領地

鬼祟的行動
為了掩護情人
打在身上的密碼
離開故鄉久遠

早已不懂得回頭
臉上的防風鏡
隔離男兒的眼淚
過濾鄉愁

穿透逆風
負載著
離心力重量的相思
天空失衡地翻了好幾轉
像在故鄉犁田的父親
把田地翻轉了又翻轉
準備插秧
播種

一直在重複的動作
果然很熟練

許久未回家的他
奮勇地把軍機
像刺刀一樣
刺進上天的胸膛
那時
故鄉的臉孔
整個潑散開來

身體升起一陣燥熱
那是和情人道別時
纏綿的熱吻吧
怎麼嘴角還流著
熱熱的血呢

太陽收起訕笑

骨碌碌地滾回
雲後面的老家
底下的山河
模糊得像夢境裡的故鄉
一再的出現又消失
忽遠又忽近

該是回家的時候了
雲霧裊繞的煙囪
是母親黃昏點燃的炊煙
在呼喚他
向著地平線的歸途
投降

好久沒有走這條路了

這一次他乖順的
甘願成為母親的火種
繼續燃燒
久違的飯香

故鄉啊
父親的田地
這次輪到我來插秧了
我用重力加速度
牢牢地把生命
插在自己的土地上
深層栽作
地主的種子
依然唱著那支軍歌
光榮地裝飾

領地的天空
回
來
了

朝代

昨日的衣服
有激情後的汗臭
還有酒店的女人香
很快被清洗掉了

吊掛在晾衣架上
我垂頭看著
妻子不動聲色的表情
感覺冷風襲擊
我隱隱顫抖

我的忠誠記錄
掌握在她手上
我提心吊膽
深知威權政府
整肅的手段

日復一日
我依然這樣過日子
外表剛強
內心柔順
衣服一件換過一件
猶原是
被妻子吊掛的朝代

吾愛

——兼給七百六十五萬八千七百二十四人

記憶像海沙屋
正在我的腦殼裡
一片片剝落

那是風霜歲月的建築
如今以驚人的速度
成塊的陷落

掉落的粉刷
無從辨認

我從腦殼裡
撿到一片
尚未掉落的
正閃閃發亮
啊　那是吾愛
遺忘在我腦海的
心

吾愛
遠去的妳
是否也因為正在掉落
而屬於我的那一片
已經掉落到地上
粉碎了

毫無防衛的腦殼

完全被負心擊潰
我帶著如此致命的憂傷
一生粉飾
失守的公義

偶像

你有善良而清澈的眼睛
深邃的眼眸含有憂鬱的因子
烏黑的瞳孔閃耀智慧的光輝
看不出隱藏的凶機

你的五官端正而明亮
英挺的鼻子勾人心弦
油亮的頭髮散發異香
遮蓋了腦後的迂腐

你的笑容天真而靦腆

皎白的牙齒純潔無瑕
性感的嘴唇迷惑眾生
聽不見夸飾的謊言

你是貴族
你是完美的偶像
所到之處盡皆領土
那些圍繞你的人
也都是你的子民

幸好你不是人
只是彩繪的變身
油彩褪盡後
你將獨自
回到公仔的世界

○六年九月凱道詩抄（七首）

籍貫

自從身份註記
籍貫改為出生地
他們就被迫成為
沒有祖籍的人

他們的身份
從河南開封

雲南昆明
四川成都
湖南衡陽等地
紛紛消失了

害怕失去祖國
他們走上街頭
尋找故鄉的名牌
從開封街
昆明街
成都路
衡陽路等地
到凱達格蘭大道
他們自成群落
藉此確認自己的身份
尋求彼此的安慰

他們是這個國家的人
他們不是這個國家的人

通緝犯

不管黑道白道
或江洋大盜
只要逃過黑水溝
便能頭頭是道

他們掏空這邊的資源
到那邊洗盡罪名
變成大企業家
成為繳稅大戶

享受榮華富貴
偶而寫信回來
嘲笑家鄉的腐敗與貧瘠
歌頌自己
劫掠的榮光

他們像蚊子
吸飽了血
就飛走了
不認得主人

道歉

當年
報紙說

總統A走四百五十萬
翌日報紙承認錯誤
現在
報紙說
駙馬爺賣十三克拉巨鑽
翌日報紙也認錯
它們都道歉
這是良好示範

因為
當年它們都報導
這個人是叛國賊
是人人得而誅之的江洋大盜
現在它們卻報導
這個人是民主的聖戰士
是政治良心的最後堡壘

這麼大的誤差
它們沒有道歉

當然
因為當年K黨教我們
要與中共誓不兩立
血債血還
現在K黨教我們
與中共稱兄道弟
要相親相愛
天大的謊言
從來也都不必道歉

我們是一口井
什麼都接受
然後慢慢自行消化

不會滿出來

革命家的塑像

廣場上的男子
雙手插在白色褲袋裡
自負地高喊：
「不是你死
就是我亡！」

這是革命家的聲音
那一年
他反抗威權被捕入獄
英雄事蹟傳頌民間
如今

民主時代
革命家仍然高喊反政府
但沒有軍警會拘捕他
只有一本風流史
陪他露宿街頭

他是孤單的雕塑
用半生的牢獄堆砌
經過風吹雨打
已經開始風化
剝落、腐蝕

廣場上的男子
雙手插在白色的褲袋裡
還沒有開口
風一吹

就散了

狠角色

阿扁貪腐
我們如何教育下一代？

於是
施明德撂狠話
范可欽撂狠話
簡錫堦撂狠話
高凌風撂狠話
說得越狠
英雄指數越高

於是
大學生來撂狠話
中學生來撂狠話
小學生也來撂狠話
說得越狠
掌聲越大

將來統治我門的
這些狠角色們
不是我們的下一代
是天皇老子

台灣紅

寧靜的街頭

出現了一些黑衣人
就動亂了

和平的廣場
出現了一群紅衣人
就像遍地紅軍
殺進來了

他們把扮演街頭小霸王
視為無上的光榮
他們為扮演敵人的角色
沾沾自喜
他們極盡羞辱政府
挑釁國家元首
作為創意演出
他們正在進行

紅與黑的套色遊戲
不准其他顏色參與

拒馬上
慘白的利刃
掛著一片淡紅的肉
不知誰的
風乾了
沒有血

紅場

天安門的紅衛兵
高唱「滾他媽的蛋　造他媽的反」
聲音已呈絕響

相隔四十年
卻在凱達格蘭大道重現
小小紅衛兵
在高台上大喊
「把總統送上斷頭臺！」

莫斯科的紅場
沙皇的刑台
隨著蘇維埃極權解體了
才十多年
又重現凱達格蘭大道
絕處逢生的
共產主義的熱血
在總統府前
遍地開花

紅潮像顆子彈
打進我們的胸膛
鮮血像花一樣湧出
那是多麼的悲壯……

窗戶

一隻鴿子
急急忙忙飛來
探視幽閉的室內
雙腳打滑
在鐵條打造的窗戶
晃盪了兩下
悻悻地飛走

窗戶裡的人
嘆了一口氣
抬頭看著這一幕

擦擦眼淚

黃昏
金黃色的夕陽
莊嚴華麗地
掃過冷冷的探照燈
才一哆嗦
天就變黑了

窗外水溝邊
鴿子仍然撿不到剩飯
從喉嚨裡逼出一句：
苦了

自由

小鳥在天空
嬉戲
小鳥在屋頂
吵嘴
小鳥在樹枝
結巢
到處都是棲身的地方
小鳥自由自在地

廣播快樂的消息
只有停留地面的時候
必須停止歌唱
隨時準備
飛走

事件

飄著血腥味的
那一天早晨
紅花開了滿地

一隻軍用吉普車
撞上了一輛
疾駛的
狗

現場
沒有粉筆線

遠遠
整備待發的示威遊行
人權的牌子
歪歪斜斜
倒落人行道

寄居蟹

海浪
一波波
前呼後擁
推向陸地
誕生了許多
生物

一出生
就注定沒有家園
遊歷每個沙穴或石滬
從潮池到岩礁

都找不到媽媽的懷抱

藤壺緊閉著殼
海葵分泌黏液
招潮蟹深埋沙底
珠螺藏在石頭下
馬尾藻緊抱著石礁
牡蠣濡沫塗身
為了抵抗下一個潮汐
各自構圖亂世

一隻寄居蟹
拋棄了原生殼
頂著破鏽的鐵罐
自以為帥氣地
張牙舞爪

下一個大潮
沒盡牠的天下
潮騷過後
所有的生物
趁空吐出
白色恐怖的泡沫

這是個壞主意
——純屬虛構・嚴禁巧合

這是個壞主意
讓我們走上街頭
搗毀商店的玻璃
打破百貨公司的櫥窗
砸爛速食店的櫃臺
搶劫民眾的國旗

這是個光明的世界，也是個黑暗的世界。
這是個白天的世界，也是個夜晚的世界。

這是個壞主意
我們搜索唱片行
沒收刺耳的歌聲
我們封鎖公園四週
毆打不服取締的路人
我們霸佔鬧區的道路
劃出我們的禁制區

這是個開放的世界，也是個禁忌的世界。
這是個自由的世界，也是個獨裁的世界。

這是個壞主意
我們包圍警察局
推翻拒馬和蛇籠
我們破壞坦克車
開走幻象戰機

遠走天空
脫離土地的掌握

這是個美麗的世界，也是個醜惡的世界。
這是個文明的世界，也是個野蠻的世界。

這是個壞主意
我們偽裝聖誕老人
從煙囪降落
搜刮每個家庭的禮物
帶走啼哭的婦孺

這是個道德的世界，也是個謊言的世界。
這是個慈悲的世界，也是個暴力的世界。

第二天

當太陽升起
整個城市夷為平地
只有憤恨的我們
是唯一還能呼吸
還能用氣喘的胸膛
製造一些
世界的生氣

傷口

寒冬
泛白的皮膚
滲出一些血絲
包覆著生肉
不願分離

龜裂的傷口
是被凍傷的歷史
隱隱作痛
那是五十年　六十年
甚至四百年

甚至更久了吧

寒風
天外的飛雪
無疆域的吹襲
瞬間刺進骨頭
痛了五十年　六十年
甚至四百年
甚至更久了吧

亙古的冰河
就已誕生的創傷
顯出肌理的生紋
內裡包覆著
溫度

輕輕撫摸著
輕輕撫摸著
太陽出來的時候
露著笑容曝曬一下
漸漸就會痊癒

繁殖論

我們原不是為了什麼信仰而生
但是父親的威嚴
自小就不容頂撞
即使在死後
也遙遙地控制著我們

那時當我們開始瞭解
祖先遺留給我們的信仰
到了父親手上
已變成不可動搖的權勢
我們只有漸漸被軟化

直到父親死後
祖先的信仰
在他的遺囑裡
突然像併發症一樣
輝煌地叫痛起來

這時
我們才發覺
做為一個孝子的我們
其實也持有一紙無從發表的遺囑
遙遙在控制著
祖先們無從察覺的傷勢

魚缸與魚

幾株水草
幾顆斑斕的卵石
構築圓肚的海洋
魚在夢遊

魚的夢想
是做一個我

從夢境出走
魚游出了海洋
走進我的世界

在人間的夢土
雀躍、翻滾

直到最後
魚張大疑惑的眼睛
沉默地看著我

我只有一個夢
不做為一個人

國土

魚與晚霞

散發著青色光的魚
從市場裡
被帶回來了

錯愕著極度擴張的嘴巴
猶在期待未可知的海洋
眼裡依舊堆積洶湧的海浪
在夕陽底下
與魚鱗一樣閃亮著
美麗的晚霞

魚的晚霞
穿透我的腹底
不明究裡的我
只感到一層層酸楚
像海浪翻湧
觸痛我的胃

一陣嘔吐
掛在魚嘴的泡沫
吐露著慘白的笑容
滲入
我的海洋

我錯愕著嘴巴
看著我的晚霞漸次淪落

生殖

從最溫暖的根部
有很多思想
在那裡開花

放射著陽光
和雨的冷漠的空間
有人輕輕嘆了一聲

這回音
震動了心的暗房
有很多思想

從那裡萌芽
從最暗的根部
有很多眼淚
滲透出來
探視
人間

公雞

公雞鼓起V字胸膛
以戰艦的英姿
穿破夜暗的樊籠
啼聲過後
昨日啄餘的飯粒
沿路冒出了點點新芽
直奔黎明

威士忌廣告

一隻手
搖晃酒杯
一滴酒
溢到了地上
一株麥
長了出來

茶之邂逅

給我一點水
她就會舒服的
脫掉衣服
伸展裸體
像慵懶的舞孃
慢慢從舞台升起
淡淡的體香
迴盪全場

冷到受不了的秋末
外面已然下起雪來

我們也靠著這盞茶壺
改變脫序的季節
讓地心的泉熱
由她引流

澄黃色的香啦
淡綠色的香啦
舌尖像蜻蜓
點個水
整個夏季都蟬鳴了
我的漣漪
就像妳的心情
那樣潑灑開來

桃花都開了嗎
杏花都紅了麼

女人繾綣的身體
也肆意的綻放了
輕輕點頭
她就那麼向我靠近來了
啊
這麼香
一下子打翻我的午覺

從溫存中醒來
幸好還有餘溫
幸好還有餘香
她們在體內一直叫著
叫得整個春天
都開了
都開了
都開了

政治備忘錄

——郭成義《國土》對台灣實存境況的諷喻與批判

阮美慧

一、前言

郭成義（一九五〇—），基隆人，早期筆名郭亞天，一九六八年開始在《笠》詩刊（以下簡稱《笠》）發表詩作，第一首作品為〈自海聲中歸去〉（二十四期），七〇年代，與同世代的鄭烱明、李敏勇、陳明台、陳鴻森、拾虹等人活躍於詩壇，為「笠」詩社（以下簡稱「笠」）「戰後世代」的中堅分子之一，八〇年代曾主編《詩人坊》雙月刊。著有詩集《薔薇的血跡》（一九七五）、《台灣民謠的苦悶》（一九八六）；另有評論集《從抒情趣味到反藝術思想》（一九八四）。就創作量而言，郭成義不能算是一位量產的詩人；但如李魁賢所言：「他對於詩本質的把握，在同世代中應屬佼佼者」[1]，因此，雖然作品不豐，卻始終能保持他個人的特殊風格，其詩，往往能在平凡的生活中，以詩人敏捷之眼，穿透物象表層的日常性，深刻地挖掘詩作內面的意涵與騷動。

九〇年代之後，郭成義轉戰至報業服務，更以社會觀察者的角色自居，探查台灣每日時局變化及動向，就一位握有社會公器者而言，他更清楚如何在權力與論述之間，取得相對的平衡，再者，在本質及表現上，新聞要求即時、清晰，與詩趨近沉緩、蘊藉，有很大的差異，因此，九〇年代郭成義幾乎退隱詩壇，沉寂將近二十年，其間，未有新的創作，也少有文學活動。二〇〇六年，他自職場退休，再度重拾詩筆，回到詩人位置，以詩針砭時政，二〇〇九年付梓的《國土》詩集，應是他回歸詩陣營的明證，在這本詩集中，他為詩壇展現廿一世紀台灣當代的政治觀察與書寫，注入他一貫的現實批判與政治諷喻，再度承繼、發揚「笠」的集體精神，同時，也為當今台灣社會，提供可茲鑑照的

1 李魁賢《台灣詩人作品論》（台北：名流出版社，一九八七年），頁二五九。

面向。

在這本新著中，除〈清明構圖〉（一九八九）、〈獨立宣言——紀念鄭南榕〉（一九八九）等詩為舊作之外，其餘多是廿一世紀後的作品，除了有個人生命凝視的詩作之外，如〈五十自述系詩〉、〈魚缸與魚〉、〈魚與晚霞〉等，他更費神地從各個面向去剖析台灣紛亂的政治沉痾，其中，關涉到台灣的命運、主權的建立、族群的認同、兩岸的關係、權力的運籌等，攸關台灣未來的動向，給予當代台灣諸多的啟示，以下從幾個面向探索詩人如何利用詩筆，有力地傳達時代的聲音，同時，又抒情地宣示他對土地的愛戀。

二、一艘不知要開往哪裏的船——台灣命運的悲歌

台灣當代詩作，描繪台灣歷史命運與政治悲歌者，不勝枚舉[2]，詩人常透過敏達的觀察與思考，從日常生活中，捕捉台灣詩的意象，凝塑藝術的造

2 可參考吳潛誠〈台灣在地詩人的本土意識及其政治涵義〉一文，收入鄭明娳編《當代台灣政治文學論》（台北：時報文化公司，一九九四年），頁四〇三—四二四。

型，比如在植物方面有：趙天儀〈蘆葦〉、白萩〈樹〉、李魁賢〈檳榔樹〉、鄭炯明〈蕃薯〉、陳鴻森〈竹仔開花〉；動物方面有：陳千武〈給蚊子取個榮譽的名稱吧〉、杜潘芳格〈一隻叫台灣的鳥〉、黃樹根〈籠中鳥〉、岩上〈水牛〉、林豐明〈蜥蜴斷尾〉、莫渝〈沒有鳥的天空〉等，不一而足，這些意象，都是根植於台灣土地上，且是平時易見的景物，具有「在地性」的象徵。此外，台灣四面環海，為孤立的島嶼型態，故與海洋相關的意象，亦為數者眾，如錦連〈貨櫃碼頭〉、黃勁連〈海鳥之歌〉、曾貴海〈鯨魚的祭典〉、拾虹〈船〉等，尤其拾虹的〈船〉（一九七〇），更率先於七〇年代之際，藉孤獨的行船，暗喻台灣未來哀愁的命運：「使盡了力氣呼喊／仍然只有失望地看著陸地漸漸遠去／水平線斷了以後／我們開始在漫漫的黑夜裡／孤獨地航行」[3]，而這樣漂蕩無依的命運，並未隨著時間的物換星移而有所改變，相對的，時值今日，憂思如斯，仍纏繞在詩人的心中。郭成義的〈船〉可謂是拾虹〈船〉的進階版，更將台灣未來推向滔天巨浪、不可預知的波濤裏。

3 節引自李魁賢等編《混聲合唱——「笠」詩選》（高雄：春暉出版社，一九九二年，頁四七八）。

巨大的身軀
一直在顫抖
只為一個小小的夢
在飄搖的大海上
永遠不知道應該靠岸
還是漂泊
遠方的陸地
看起來像是家鄉
卻是那麼凶險
（中略）
而對岸模糊的影像
忽左
忽右
忽前
忽後
像海市蜃樓

激起滔天巨浪的爭端
終於失去了方向
（節引自〈船〉，頁三八）

座落在太平洋上的台灣之島，猶如巨大而笨重的船身，航行在漫無邊際的海洋上，前方是如此迷離不安，詩人以「顫抖」呼應海浪的載浮載沉，回扣島上人民惴惴的心境，他以「小小的」修飾詞，訴說人們內心停泊靠岸的微小祈願，然而，外在環境依然險峻，詩中以短促的節奏，忽左、忽右、忽前、忽後，如急切的海浪拍打船身，加強無所依止的現象，最後，「終於失去了方向」，成了海上的孤舟。面對台灣主權及國家定位懸而未決，致使國際處境艱難，人民無法得到堅定的認同，詩人在此以「船」為意象，不僅與台灣地理位置、情勢若合符節，更確切地將「船」的漂泊不安，反映到台灣未來的命運。

郭成義除了以「船」刻畫台灣的命運之外，亦不斷延伸「海洋」的意象，其中「鯨魚」的捕捉，似乎是「船」的變形，「鯨魚」同樣適切地標示出「台灣」的整體象徵，呈現他以一系列「海洋」的物象，作為象徵「台灣」符碼的意圖，郭成義出生於基隆，「基隆」位居台灣東北角，是個臨海靠港的鄉鎮，因此，他選擇與「港口」、「海洋」等相關的象徵元素，並將「空間的」經驗轉化成「時間的」感受，乃依其熟悉的「地理感」，人文地理學家段義孚（Yi-Fu Tuan，一九三〇—）認為，「只有當我們對平凡的活動作出反映時，其原始的意向結構才會重現」，「不確定性和驚奇的潛在性是未來的特徵，也造就一個未來的感受」[4]，換言之，郭成義面對台灣命運的乖舛、不安、徬徨、懷疑，透過熟悉的空間感，遂將表面、平凡的「海港」物象，轉而創造出貼近台灣「未來」命運的意象，寫出屬於這塊島嶼的生命之歌，表現斯土斯民的精神與情感，這樣的詩，與純粹抒發個人內心情思哀怨的詩，更易顯現詩人是社會良知者的代表。

迷失方向的鯨魚
衝撞著虛無的海岸
四面突圍
尋找海洋的出口

4 段義孚（Yi-Fu Tuan）著，潘成桂譯《經驗透視中的空間與地方》（台北：國立編譯館，一九九八年），頁一二〇。

最後竟擱淺了

脫水的鯨魚
高舉著尾鰭
奮力拍擊最後的世界
直到心跳
停格

我們圍觀
一座稀世海島的
絕種標本

（節引自〈鯨魚〉，頁五八）

迷航的「鯨魚」，同樣暗示著台灣未來的命運。在遼闊的海洋，「鯨魚」踽踽獨行，像是失去方位的「台灣」一般。台灣曾多次向聯合國發聲，希望可以用「台灣」的名義加入聯合國，但卻一再受到阻撓，此因，除了不斷受到中國的牽制之外，台灣長期主體認同的混淆，政府、人民對此問題的漠視，抱持事不關己的態度，都使台灣無法在國際地位上，取得合法的位置，常被遺忘、消音在世界的角落裏，且被迫置身於世界的脈動之外，成為國際孤兒。詩人對台灣未來的命運，並未抱予樂觀的態度，詩中最後，即使鯨魚奮力一拍，世界仍然冷漠以對，直到鯨魚心跳停止，一切歸於死寂，是以，詩人詩中以「擱淺」、「停格」、「標本」等字句，來呈現台灣的命運，皆是身陷桎梏的意涵，說明台灣現今國／族膠著的狀態，只能被動地成為世界的「絕種標本」，詩中具有濃厚的諷刺之意，但同時又點出台灣處境的辛酸。有關自我主體喪失的悲哀，後殖民論述的先趨者法農（Frantz Fanon 一九二五—一九六一），在〈黑人的實際經驗〉一文曾說：

> 我來到世上，一心想從事物中提取意義，我的心靈滿溢著想要處於世界源頭的想望，卻發現自己是個在其他客體之間的客體。……
>
> 在那邊，在斜坡的另一面，我跌了一跤，他人用手勢、態度、目光固定我，就好像人們用染料固定標本切片。我發怒，要求

解釋……，但什麼也沒有發生。我爆炸四碎。這是另一個自我所匯集起來的碎塊。5

法農以黑人被殖民異化的經驗，痛切地指陳西方帝國主義者的不是，並發出強烈的不平之聲，相較台灣從荷據時代以降，不斷受到外來政權的殖民，因此，台灣史即是一部漫長的殖民史，其歷史命運充滿斑斑血跡，傷痕鐫刻在詩人心靈深處，成為一組現實隱喻的密碼，如郭成義〈傷口〉所揭示的：「寒冬／泛白的皮膚／滲出一些血絲／包覆著生肉／不願分離／／龜裂的傷口／是被凍傷的歷史／隱隱作痛／那是五十年　六十年／甚至四百年／甚至更久吧」（節引〈傷口〉，頁一〇九），在時間的深河裏，埋藏著歷史的憂傷。在「笠」的詩作中，表現台灣歷史意識的作品，不可勝數，如與郭成義同世代的陳鴻森（一九五〇—）的〈諾亞方舟〉：「一切不久都將死滅吧／整個世界／已然成為／虛幻的夜／只剩下我們的方舟／漫漫地航行著／我們艱苦地拋擲著鉤索／想把那些陸沉的國家拉起／但它們已迅速被溶解／我們所拉起的／只

5 法農（Frantz Fanon）著，陳瑞樺譯《黑皮膚，白面具》（台北：心靈工坊，二〇〇五年），頁一八一。

剩下一個個／溶餘的／細碎的島」（節引）[6]，同樣地，他亦以「舟」（船）來象徵台灣風雨飄搖的國際地位，以及外交上的困境與孤絕，若將世界地圖拉開，與我們仍保有邦交關係的國家，零星可數，詩人並非政論家，他不直接言詮，而是以詩諷諭現實，藉由「藝術造型」的想像與設計，精準而深刻地傳達台灣面臨國際局勢嚴峻的考驗。

除了加強詩的「思想性」之外，郭成義對詩的語言的捕捉，也有獨到的機智與靈敏，常能建立、連結「新的」物象關係，如西脇順三郎（一八九四—一九八二）的《詩論》所強調的，詩的語言應要具有「原始性機能」，即是能打破日常性、普遍性、平凡性用語，創造出令人「顫慄」的新語言。郭成義在〈我們需要怎樣的詩〉一文，也特別針對詩語言，提出他個人的見解：

> 我們需要的詩，是開口說不出，張眼看不見，但事實上與我們發生存在關係的感情對象，起先我們說不出，看不見，但一經詩人以詩底語言作為工具發表以後的剎那，這首詩得與我們隱

6 陳鴻森《陳鴻森詩存》（台北：台北縣文化局，二〇〇五年），頁三九—四〇。

藏心中未之分明的意識產生了神祕的montage效果，終於相互印證，這其間的效果磨擦，再產生wit（西脇順三郎所謂發現新關係的想像力），於是讀者在這wit上面，領悟他未曾發現的新的感情對象。具有這種努力的詩，才是我們需要的詩。[7]

換言之，如何在日常生活中，找到新的語言機能，挖深人共有的情感底蘊，是詩人不可豁免的課題。《國土》中，郭成義傾向「大敘述」主題，故大多書寫與家國、社會有關的議題，諸如：日本殖民、二二八事件、白色恐怖、國家認同、街頭抗爭、兩岸關係等，這些既沈重又老調的主題，如何擺脫無謂的批判，避免語言淡而無味，能夠翻新過往既定的「藝術造型」，顯得如此迫切而需要。在〈朝代〉一詩，以多年夫／妻間情感的緊張度，訴諸外在現實戒嚴下的風景。

我的忠誠記錄
掌握在她手上

7 郭成義《從抒情趣味到反藝術思想》（台北：金文圖書公司，一九八四年），頁七。

我提心吊膽
深知威權政府
整肅的手段

日復一日
我依然這樣過日子
外表剛強
內心柔順
衣服一件換過一件
猶原是
被妻子吊掛的朝代

（節引〈朝代〉，頁七五）

此詩，可看出郭成義第一本詩集《薔薇的血跡》中〈白襯衫〉的變形，皆取用衣服「吊掛」的意象，象徵外在現實或內在精神的催迫與壓制，只不過〈白〉一詩較著重在個人存在的對決，「不斷地搓洗著／不斷地把我的潔白奉獻／誰又知道我心裏／依然賴食你們的黑而過活」[8]，以襯衫「潔白」／「髒黑」交錯，展現內心對理想與現實的掙扎、矛盾，呈現「無可釋放的吊刑」。而《國土》中〈朝代〉，較強調客觀環境的影響，將對決的緊張關係，轉化成傳統婚姻下的妻子／丈夫，長期單調沉悶的生活，使得丈夫在外拈花惹草，卻又擔心被妻子發現，如詩中所言：「吊掛在晾衣架上／我垂頭看著／妻子不動聲色的表情／感覺冷風襲擊／我隱隱顫抖」，一九八七年台灣正式解嚴，逐漸走向民主的時代，然而，詩人叩問，戒嚴下的風景，已清晰、明顯了嗎？抑是看不見的威權仍籠罩、隱匿在現實中，有待撥雲見日，易言之，台灣二〇〇〇年歷經政權輪替，表面已是改朝換代，不過，因政治體質或總體精神，依然殘餘過去許多思維模式，使台灣猶仍處在被「吊掛」的時代裏。

〈繁殖論〉一詩，亦暗喻面對過去強權時代，獨裁者打造出一套「政治正確」的國族論述，至今，歷史迷霧雖已漸漸散去，但「強權者」仍以「父」之名，無形遙控著人們的精神意識，故台灣外在體制似乎已解嚴；但精神卻始終從未真正解嚴。此詩，原是早期的舊作，描寫當年蔣中正逝世時，要求全體公

8 郭成義《薔薇的血跡》（台北：巨人出版社，一九七五年），頁七四。

務人員背誦「蔣公遺囑」之事；但礙於當年威權時代的禁忌，而未登刊，直到今日《國土》付梓，才於《笠》二七一期（二〇〇九年八月）刊登。雖然時間相隔多年，但現今看來，猶能感受到時代的荒謬性，與強人政治操弄人民的悲哀，而詩人最終要問的或許是，今日我們已遠離「祖先的信仰」，政治已除魅了嗎？如特里・伊格頓（Terry Eagleton，一九四三—）所言：「批評的任務，不僅是傳播一種文學現象的文化信息，而且還要激發讀者反思其自身的政治狀況。」[9]

我們原不是為了什麼信仰而生
但是父親的威嚴
自小就不容頂撞
即使在死後
也遙遙地控制著我們
（中略）

9 特里・伊格頓（Terry Eagleton）著，郭國良、陸漢臻譯《沃爾特・本雅明或走向革命批評》（南京：譯林出版社，二〇〇五年），頁一五三。

這時
我們才發現
做為一個孝子的我們
其實也持有一紙無從發表的遺囑
遙遙在控制著
祖先們無從察覺的傷勢
（節引〈繁殖論〉，頁一一二）

詩人從封建社會的父子倫理，反思台灣威權時代，在上位者與在下位者的關係，巧妙地將兩者意象連結，達到諷喻的效果。雖然，台灣已進入「後殖民」時代，但長期的威權統治與自我精神異化的結果，「支配殖民地社會的原始善惡二元論，在去殖民時代仍原封不動地被保存下來。」[10]故詩中那無形，卻仍遙遙控制著我們的遺囑，始終揮之不去，瀰漫在島內四周，隨時如詩句中所言，「突然像併發症一樣／輝煌地叫痛起來」。

10 法農（Frantz Fanon）著，楊碧川譯《大地上的受苦者》（台北：心靈工坊，二〇〇九年），頁八五。

由此可知，詩人如何在現實生活中，隨時採取警覺的姿態，與客觀醜惡的現實對決，並以詩人對語言特有的敏銳度，重新建立語言的新秩序，使日常生活的語言，可以轉成不斷被召喚的情感語言，亦即不朽的「詩的語言」。

三、四處飄浮無家的幽靈——台灣主體的認同

本土詩人對台灣常抱著高度的認同，詩作多以植物向下扎根的意象，說明與台灣休戚與共的意志，表現濃厚的「釘根意識」，如白萩〈樹〉：「我們站著站著站著如一支入土的／樁釘，固執而不動搖／噢，老天，這是我們的土地，我們的墓穴／即使把我們踢成一個旋錘／無止境的驅迫」（節引《混聲合唱——「笠」詩選》，頁三二七—三二八），白萩以樹不斷受到外力欺侮，並施以酷刑，但樹仍牢牢捉住地表，因為，這是它的立足之點，賴以維生的土地，藉此詩人宣示對台灣的認同。其次，亦有如李魁賢〈留鳥〉：「我的朋友還在監獄裏／不學候鳥／追求自由的季節／尋找適應的新生地／寧願／反哺軟弱的鄉土」（節引《混聲合唱——「笠」詩選》，頁三六四），將留鳥與候鳥做

一強烈的對比，留鳥願意「放棄海拔的記憶，也／放棄隨風飄舉的訓練」，牠們誓死守衛台灣的領空，不願成為隨風飄飛的蒲公英，如陳鴻森〈蒲公英〉所描繪的：「風聲一起／我們便開始飄飛／帶著我們那／憂患／的種子／向四野八方／尋求庇蔭／只要有土地／便可落腳／然後委屈的活下／生長、繁殖／繼續傳播／我們那沒有國籍的／茫然」（節引《陳鴻森詩存》，頁一〇六），訴說台灣「移民潮」的悲哀，在異鄉成為失根的一群。

相對郭成義《國土》對台灣認同的表現，是站在反思與批判的立場，詩中針對居住台灣多年，卻始終不認同台灣的人的質疑，最後，這些人幻化成鬼魅幽靈，飄忽不定，僅能抱著過去或想像的國土而活，自願放逐成為徬徨不安的「畸零人」。〈國土〉一詩，正說明他們的國族認同及精神虛妄。

他們
一群失根的人
緊抱著過時的地圖
在秋海棠的形骸上
留下自慰的痕跡

藉以宣示自己夢幻的國土

（節引〈國土〉，頁四六）

戰後，國民政府撤退來台，為使其政權合法化，遂以台灣作為反共復國基地，從上而下打造對「國家」的忠誠性，七〇年代之前，對多數人而言，「國家認同」尚未成為議題，更遑論對此產生矛盾與焦慮，基本上，「國家」的概念，完全受到國家機器的支配與宰制。然而，隨著外在時局的變化，台灣逐漸打開閉鎖的狀態，「台灣」意識逐漸浮出歷史地表，從一九七二—一九七三年，由唐文標、關傑明所掀起的「現代詩論戰」；一九七六—一九七七年「鄉土文學論戰」等可見，多數人從「鄉土」、「現實」、「本土」，一直到「台灣」，一步步追尋、建立台灣自我的主體性；但與此相對，從戰後一直信守的「中國」認同，也未曾消逝，最後，形成不同族群對「台灣」／「中國」的認同，而具有複雜的政治意涵。

「國家認同」之所以成為台灣政治問題的癥結所在，在於「權力」與「權益」的爭奪，如奧本海默（Franz Oppenheimer，一八六四—一九四三）在《國家論》（The State）所言：「國家都是武力造成的團體，一方有統治者，他方有被統治者，而為階層組織，過去是如此，現今也是如此。換言之，一國人民之中，常因權力與權益之不同，而分為命令與服從兩類人群，由此就造成了階層制度。」[11]換言之，國民政府來台之後，實行長達四十多年的戒嚴時期，高度抑制本土意識的萌發、自由民主的發展，藉此壟斷、吸取所有的資源與利益，如陳千武（一九二二—）在〈給蚊子取個榮譽的名稱吧〉（一九七〇）：「嗡嗡不停地　飛來／叮在我癱瘓的手背上／說是過境／過境　就抽一絲利己的致命的血去了／究竟／有多少蚊子真正無依／有多少蚊子值得同情／在我的手背上／在廣漠的國土裏／我底手越來越癱瘓了」（引自《混聲合唱——「笠」詩選》，頁九〇），將執政者喻為吸取人血的蚊子，而手背象徵土地資源，待剝削殆盡後，不管是實質的物資或人民的精神，都呈現一片癱瘓死寂，七〇年代，已可見到詩人甘冒不韙，率先寫下這類碰觸禁忌，令人震撼的詩作。

郭成義從六〇年代末參與「笠」，在戒嚴風景下，一路走來，較其他詩社，同為「戰後世代」的詩人，更早具有台灣的歷史意識，能了解、洞悉政治權力背後的運作模式，因此，對於國族的認同，容易站在批判、反思的立場，

11 Franz Oppenheimer著，薩孟武譯《國家論》（台北：東大圖書公司，一九七七年），頁三。

以台灣本位出發，對舊有政權的復辟或機會主義者，給予沉痛的抨擊，如〈幽靈的寓言〉：

不死的幽靈
復活了
它拉長著臉
隨著宣傳車和旗幟
進佔每個失地
宣示光復

曾經被野放的軀殼
從腐敗的土地獲得生養
它不斷咀嚼
舊日強權的美味
終至腦滿腸肥
壯大

外來政權的願景
（中略）
肥大的幽靈
吸附著島嶼
曝曬對岸直射的陽光
逐漸幻化人形
原來是五千年的妖精
（節引〈幽靈的寓言〉，頁四一）

此詩，詩人以陰魂不散的幽靈，指涉仍存有大中國思想的人，特別是掌有舊政權的利益者，他們透過黨國豐沛的資本運作，取得國會多數的席次，及超過三分之二以上的地方政府，形成過去朝小野大的形勢，民生法案不斷遭受杯葛、擱置，面對這樣的政壇局面，詩人透過他感知與形式，將粗糙的政治語言，轉化成詩的藝術語言，以駭人的「幽靈」，指控只為個人政治利益圖謀的政客，最後，這些舊勢力者，甚而變本加厲，從「幽靈」幻化成「妖精」，與對岸中國沆瀣一氣，不惜犧牲台灣的主權。與〈幽靈的寓言〉一詩具有異曲同工之妙的〈鬼魂〉，更道盡這批沒有國家認同的人，夸夸其言、毫無愧色的行徑，令人髮指。

這裏到處
飄盪著鬼魂

他們沒有去處
也不屬於這個地方
他們拒絕承認身分
不能落地生根
他們目空一切
鄙視土地
反對陽光
他們慣於在銅像築巢
並賴以維生

（節引〈鬼魂〉，頁四四）

台灣原是移民社會的形態，因此，社會內部呈現多族群、多語言、多文化的現象，戰後，國民政府為了政治權力、位階的鞏固，強行將多元文化化約成單一的模式，以武力消弭彼此間的差異性，造成族群間的間隙，一旦強權政治崩解之後，加上國際局勢的變動，不同族群在選擇國家認同時，產生紛雜混淆，甚至是族群對立、衝突的爆發點。然而，面對台灣國家認同最重要的關鍵，在於：「台灣」作為實質存在的國家要如何定位？所謂「民族」，如安德森（Benedict Anderson，一九三六—）所主張的：「一種想像的政治共同體——並且，它是被想像本質上有限的（limited），同時也享有主權的共同體。」[12]換言之，國族建構的過程，攸關人民是否認同自己歸屬的政治共同體？或歸屬共同的文化情感？如此，才能建立一致的國家認同，形成命運的共同體，即使是戰後來台者，也應抱持一種超越地「轉置」（transposition）[13]的態度，使自己

12 Benedict Anderson著，吳叡人譯《想像的共同體：民族主義的起源與散布》（台北：時報文化公司，一九九九年），頁一一。

13 茱莉亞．克里斯蒂娃（Julia Kristeva，一九四一—）為法國當代著名思想家。一九四一年生於保加利亞，一九六五年公費留學法國，一九六七年與《原樣》（Tel Quel）文學季刊主編索雷爾斯（Philippe Sollers）結婚，入籍法國。在《思考危境》一書，Kristeva接受專訪時提到，關於保加利亞與法國之間的文化處境時，認為作為一位「外邦人」，如何「轉置」（transposition）當地文化的重要性，她說：「我嘗試提起外邦人的處境，

與長期生存的環境、文化合而為一，終止自我放逐的窘境，藉此拯救自己，也理解他人。這些迫切卻一直懸而未決的問題，致使台灣至今國家定位不確定，也造成人心猶如「鬼魂」一般，惶惶不可終日。當面對「客舍似家家似寄」的情懷，徘徊在故鄉／客居、中國／台灣、扎根／飄零之間，當初從大陸來台者，他們對台灣的認同，往往是沉重及尷尬的課題。

他的身分證
沒有籍貫
也沒有住址
虛妄地活過七十四年
終於回到家鄉

並非將其視為一種苦悶，而是一項做出超越的邀約，它能讓我們處於興奮或狂喜之中，卻也能一直保有那種失根的痛楚感覺。確實發生過某些不會再重覆的事情，不過由於做出了超越，我們不僅能讓自己海濶大空行得更遠，而且也能坦然地面對別人，以及面對別人的『陌生感』。」參見茱莉亞・克里斯蒂娃（Julia Kristeva）著，納瓦羅（Marie-Christine Navarro）訪談，吳錫德譯《思考之危境》（台北：麥田出版社，二〇〇五年，頁一三二。）

和夢中的祖先相會
再也不想離開

當天
收容所報警協尋
自從走失了一位爺爺之後
又走失了一名
喪失記憶的老人

（節引〈回家〉，頁五三）

八〇年代末，開放大陸來台人士返鄉探親，冰釋了兩岸長期凍結的關係，但隨著台灣意識的高漲及政權的輪替，面對自己是「少數族群」、「外來者」的身分，使他們的存在備受威脅，〈籍貫〉一詩，將其內心的焦慮，躍然紙上：「自從身份註記／籍貫改為出生地／他們就被迫成為／沒有祖籍的人／（中略）／害怕失去祖國／他們走向街頭／尋找故鄉的名牌／從開封街／昆明街／成都路／衡陽路等地／到凱達格蘭大道／他們自成群落／藉此確認自己的身份／尋求彼此的安慰／／他們是這個國家的人／他們不是這個國家的人」，因此，他們強化原有的自我認同，以優越感支撐他們的存在，藉此抵抗新一波民族思潮的興起，像〈寄居蟹〉最後，「一隻寄居蟹／拋棄了原生殼／頂著破鏽的鐵罐／自以為帥氣地／張牙舞爪／／下一個大潮／沒盡牠的天下／潮騷過後／所有的生物／趁空吐出／白色恐怖的泡沫」，這群如寄居蟹一般的狂妄者，不僅精神不在家，甚而有些鄙棄台灣投靠中國，成為真正的「中國人」，其行徑，若對照當年隨著國民政府來台，大力反共的身影，不禁令人莞爾。然而環顧現今的政客，有多少機會主義者，他們甘願降格以求，紛紛轉進中國，成為中國的臣民。

另外，為了鞏固其政治權利，他們也不斷削弱台灣的歷史意識，瓦解自由民主的機制，如〈吾愛──兼給七百六十五萬八千七百二十四人〉詩人沉痛地表示：「記憶像海沙屋／正在我的腦殼裏／一片片剝落／／那是風霜歲月的建築／如今以驚人的速度／成塊的陷落」，說明台灣政治民主運動，是歷經漫長坎坷的追尋道路，一路血跡斑斑，所換取而來的；但曾幾何時，前人累積的民主果實，不但沒有繼續開花結果，反倒如海沙屋，以驚人的速度剝落消解，令走過威權時代，見證民主之路的人，不勝唏噓。

〈偶像〉一詩，即諷刺只會作秀；但實際上毫無執政能力的政治人物，粉碎華而不實的外在，揭示執政者軟弱無力的本質。

你的五官端正而明亮
英挺的鼻子勾人心弦
油亮的頭髮散發異香
遮蓋了腦後的迂腐
（中略）
你是貴族
你是完美的偶像
所到之處盡皆領土
那些圍繞你的人
也都是你的子民

幸好你不是人
只是彩繪的變身

油彩褪盡後
你將獨自
回到公仔的世界
（節引〈偶像〉，頁八〇）

此詩嘲諷的意味十足，將執政者過度彩繪包裝的面目，洗刷淨盡，揭示當代政治生態的真正樣貌，令人深思。二〇〇九年，台灣政權又重新輪替，再度回到國民黨的舊勢力，新政府亟欲複製過去威權時代的政治模式，於是又重新塑造新一代的政治偶像，為治理無方脫罪。此詩，寫於二〇〇七年，似乎早已預言這樣政治結果的必然性，而詩人敏銳地嗅到，未來台灣非但不能走向更開濶的局面，反倒以政治神話，來填補空洞的社會現實。

四、這是個光明與黑暗的世界——台灣未來問題的凝思

當代台灣所面臨的政治困境，除了國家定位未定論、族群相互挑釁、撕裂

之外，隔岸中國的崛起，亦是不容小覷，尤其，中國面對主權完整性的考量，企圖儘快收編台灣，故處心積慮壓縮台灣在國際地位的空間，使得台灣在參與國際事務及國防、外交上備受威脅與衝擊，如今，國民黨重新取得政權，極力靠攏中國，打壓台灣本土意識，使得台灣的主權受到極大的挑戰。例如二〇〇八年十一月三—七日，中國海協會會長陳雲林來台訪問，期間，執政者因過度保護陳雲林，而引發了激烈的警民衝突，事後，國民黨政府的行為，遭受國際記者聯盟（ＩＦＪ）、自由之家（Freedom House）、國際人權聯盟組織（ＦＩＤＨ）高度的關切，質疑國民黨政府重新上台後，台灣人權狀況的退步。據此，郭成義寫下〈這是個壞主意——純屬虛構，嚴禁巧合〉，以詩人的角度，提出對社會現狀的不滿與批判。

這是個壞主意
讓我們走上街頭
搗毀商店的玻璃
打破百貨公司的櫥窗
砸爛速食店的櫃臺

搶劫民眾的國旗

這是個光明的世界，也是個黑暗的世界。
這是個白天的世界，也是個夜晚的世界。

這是個壞主意
我們搜索唱片行
沒收刺耳的歌聲
我們封鎖公園四週
毆打不服取締的路人
我們霸佔鬧區的道路
劃出我們的禁制區

這是個開放的世界，也是個禁忌的世界。
這是個自由的世界，也是個獨裁的世界。

（中略）
第二天
當太陽升起
整個城市夷為平地
只有憤恨的我們
是唯一還能呼吸
還能用氣喘的胸膛
製造一些
世界的生氣
（節引〈這是個壞主意——純屬虛構，嚴禁巧合〉，頁一〇五）

此詩，郭成義以陳雲林實際來台的現象，並列光明／黑暗、白天／夜晚、開放／禁忌、自由／獨裁等相互矛盾、對峙的詞語，夾註按語，說明執政者的偽善虛假，社會秩序的黑白顛倒。最後，「唯一還能呼吸」的少數憤恨者，以病弱「氣喘的胸膛」，傳達抗議之聲，雖勢弱，但有力地表達詩人忿忿不平。

隨著兩岸開放的腳步，日趨加速，所衍生的問題亦層出不窮，如何在兩岸經貿交涉關係外，護衛台灣主體的尊嚴，是今日台灣刻不容緩的課題。詩作〈○一年一月一日記事〉，記錄兩岸小三通首航廈門，然船未到廈門即因故折返的現況。

第一艘
卸下國旗的
小三通輪
向大陸啟航

九級風
把一艘擱置主權的船
打了回來
船長的航海日誌
寫著：轉進

太陽

笑笑地
在對岸升起
水手在甲板上
曝曬迷途的魚群
（節引〈〇一年一月一日記事〉，頁五一）

詩人以卸下象徵主權的國旗為始，開啟兩岸通航的序曲，並以惡劣的天候，隱喻兩岸關係，中國挾帶狂風暴雨侵襲台灣，使得我們不得不隱忍、低頭，最後擱置「主權」的船，只能撤退。在瞬息萬變的國際情勢，中國以經濟突起，環視全球，成為世界眾所矚目之地，因此，為了宣示國威，向來對台灣的主權大力打壓，而我們對面此嚴峻的考驗，卻是自我矮化，成為他人訕笑的對象。「太陽」代表赤色中國，冷眼笑觀這場戲碼的演出，四周盡是曝曬即將乾涸的「迷途的魚」，詩末繚繞著詩人的批判與嘆息。

另一方面，郭成義轉化甲板上「迷途的魚」，將此心境拉回台灣，每一條甲板上的魚，化成了不同面向的自我及他者，面對外在一群迷失方向的人，郭氏寫下〈ＫＴＶ〉：

昏暗的包廂
我們盡情手舞足蹈
嘶吼鬼叫
唱得越大聲
越能渲洩心中不滿
噁心的香煙和酒肉臭
表明我們很賭爛
（中略）
第二天
昨晚的歡樂
隨著玻璃碎片和血跡
被掃進社會版的頭條新聞
然後被垃圾車
載走了

KTV裡

繼續蓄積著
垃圾堆的能量
在腐壞的地心
熔岩

（節引〈KTV〉，頁六一）

面對變化快速的都市文明，及繁忙緊張的現代社會，每日累積「垃圾堆的能量」，使人急欲宣洩心中混亂不安的壓力，為徬徨迷惘尋找出口，而KTV將自己躲在密閉的暗室，高聲地嘶吼，似乎可將外在所有一切短暫隔離在外，藉此麻痺自己，在狂歌亂舞的表面下，正映照現代社會人內心的荒涼與孤獨。

此外，郭成義也顯現自我在現今混雜迷離的現實下，以及個人生命、理想未竟的哀愁，〈魚缸與魚〉、〈魚與晚霞〉二首詩寫作的時間相近，皆以「魚」作為自我的隱喻，「魚缸的魚」原本夢遊在「幾株水草／幾顆斑爛的卵石／構築圓肚的海洋」，夢想作一個人，然而，在歷經人間「雀躍、翻滾」後，「魚張大疑惑的眼睛／沉默地看著我」，「我只有一個夢想／不作為一個人」。人常以自己的想像，欣羨他人的一切，殊不知另外的世界，並非如想像般的美好，直到從夢境醒來，才能恍然大悟。而〈魚與晚霞〉哀悼自己青春、理想似乎已埋葬在不可知的時間裏，如一條被釣上岸的魚，已漸次淪落了牠美麗的晚霞。

散發著青色光的魚
從市場裡
被帶回來了

錯愕著極度擴張的嘴巴
猶在期待未可知的海洋
眼裡依舊堆積洶湧的海浪
在夕陽底下
與魚鱗一樣閃亮著
美麗的晚霞

魚的晚霞

穿透我的腹底
不明究裡的我
只感到一層層酸楚
像海浪翻湧
觸痛我的胃

一陣嘔吐
掛在魚嘴的泡沫
吐露著慘白的笑容
滲入
我的海洋

我錯愕著嘴巴
看著我的晚霞漸次淪落

（引自〈魚與晚霞〉，頁一一六）

此詩與村野四郎（一九〇一——一九七五）之〈青春的魚〉有相似之處，皆是以被釣上岸的「魚」，來對照人生的某種映像。村野氏以釣拉上來的魚，思索與凝視自我的青春、理想與存在，「從腮裡流著血／在釣拉上來之前／你不是魚／／好像要訴說什麼的眼睛／映照著森林和天空　而／小小的痙攣／一從尾和鰭通過／死這才　使你有了魚臭／／從永恒的彼方／小聲地叫喚著「魚啊」／這個扁平的形體／到底是什麼／／不久樹葉一般／在骨的兩側被剖開／其中沒有記憶也沒有語言／極其少量的腐敗的東西／使新娘子的手腥臭了」，在沉緩的語句裏，以極形象化的表現，將魚臨死之際，眼睛映照著遠方，迷濛的情感，具有飽滿的詩意，最後，仍難逃一死，在被剖開當下，赫然發現沒有記憶、沒有語言，沒有任何有意義的東西存在，直接否定了魚或是自我的一生，而「魚」的命運又與「新娘子」的影像相疊，意喻著「青春」、「理想」的消逝，整首詩，傳達一種無以言喻的生的哀愁。

而郭成義的〈魚與晚霞〉，同樣以「晚霞」映照著海洋波光，寧靜而美好，從菜市場買回來的魚，只能從魚的眼睛、鱗片，去探尋洶湧的海以及美麗的晚霞，「魚」與「我」相疊，從魚反射到我的生存哀愁，海洋與腹底互相映襯，翻湧、觸痛我的胃，令人難受，最後，我與魚同時「錯愕著嘴巴／看著我的晚霞漸次淪落」，無言而哀傷。

五、結論

郭成義〈生殖〉一詩，可謂他對詩人及自己再度重拾詩筆，所下的註腳，「這回音／震動了心的暗房／有很多思想／從那裏萌芽／／從最暗的根部／有很多眼淚／滲透出來／探視／人間」（節引〈生殖〉，頁一一八），詩人除了「吃著自己的美而死」（王白淵〈詩人〉）[14]之外，更具有一顆易感靈敏的心，能夠體察人間的悲苦及喜樂，提煉其動人的思想與情感，替世間寫下一行如「波特萊爾的詩」。

在《國土》中，郭成義作為一位觀察者，展開對現今台灣現實的剖析與診斷，如同他曾為一位媒體人，能夠準確地捉住時代的脈動，提出對社會現實的關切與針砭。而當今台灣社會，最迫切需要認知的是，主權的維護、建立，尤

14 非馬選《台灣現代詩選》（香港：文藝風出版社，一九九二年），頁六。

其在面對中共不斷地挑釁與威脅，台灣彈丸之地，如何能夠開創新格局，這些都攸關台灣未來的走向與生存，因此，《國土》掌握了當代的現實時空，多面向地勾勒台灣所面臨的問題，其中關涉到台灣歷史的悲運、國家主體的認同，以及兩岸的問題，在這些主題思考下，當然也含蓋詩人自我的情思，貫注到詩的字裏行間，使具思考、批判的詩，也有詩人的抒情。大體而言，郭成義仍秉持「笠」的集體意識，表現關懷現實人生，批判不公的詩作，也延續「笠」詩人的終極關懷，作為一位詩人，他是社會的良心。

後記

寫詩，其實不必多做解釋、說明或辯白。

如果有人誤解，或是不明白，自然是詩人表現得不夠好。但這也無妨，人既然沒有完美的，詩人也不會有完美的。詩人的偉大絕非透過自己的辯解。

所以，詩人不必為自己說太多，何況我也不習慣在別人面前談我的詩。

但我要說，我是個常寫作的人，我是個政治評論者，我是個新聞工作者，我也是個平凡的生活者，這是我寫這一集詩的背景、我寫詩的洞口。

這本集子裡收集的是我一九八七年出版第二本詩集「台灣民謠的苦悶」之後迄今的作品，過程雖然長達二十餘年，但除了少部分作品是稍早期未發表的存稿修改所得之外，大都是二〇〇六年以來約近四年的作品，那也是在台灣政局陷入混亂的時期，我剛從新聞工作退休下來，正好有餘裕的心情寫詩。

當年台灣流行「政治詩」或所謂「抵抗詩」的時候，我刻意未熱衷參與，等到這近三年，我認為那些類詩已經退潮之後，我反而刻意地重新燃起對這種政經社會現實加以批判與嘲諷的慾望，所以我寫了這些，我猜這是參與新聞工作將近二十年所累積的個性或慣性反應吧。或者說，那就是我頑皮的一面。

這本詩集裡的有些詩，本來是要朝「新聞詩」發展，但最後又不甘願只成為新聞詩，不免有些矛盾，後來我放手讓題材決定表現的方式，讓思考決定表現的內容，所以裡面有些詩具有相當的群體性，但整體而言又有許多不同的風格，有些暗喻性非常強，有些則是明喻的。

可是，基本來說，我的詩，從未脫離我一向以為詩只是純潔地為人間（或說人生）觀察或啟發的最高象限而存在，——如果詩可以被度量的話。

本書的完成，要感謝李魁賢先生、李敏勇先生、阮美慧教授的協助，在百忙當中仍願撥冗提供指教；還有鄧慧恩小姐忙於成大博士論文之際，也不吝撥空幫我的作品完成電子檔的校對，由於他們的幫忙，使我淺薄的作品有藏拙的可能。

二〇〇九、六、二十七之六十歲生日

作品年表

作品題目	發表刊物	出版時間	附註
清明構圖	自立晚報	一九八九・四・五	
獨立宣言	自立晚報	一九八九・四・十七	寫於鄭南榕殉道日
我老了	文學台灣四四期	二〇〇二・十	五十自述系詩
慾望城市	文學台灣四四期	二〇〇二・十	五十自述系詩
掉髮記	文學台灣四四期	二〇〇二・十	五十自述系詩
健忘症	文學台灣四四期	二〇〇二・十	五十自述系詩
夜行	笠二五五期	二〇〇六・十	
船	笠二六〇期	二〇〇七・八	
幽靈的寓言	笠二五五期	二〇〇六・十	寫於二〇〇五年三合一選後
鬼魂	笠二六〇期	二〇〇七・八	

國土	笠二五五期	二〇〇六・十	
颱風	笠二六二期	二〇〇七・十二	
〇一年一月一日記事	笠二六三期	二〇〇八・二	寫於小三通首航受挫
回家	笠二六二期	二〇〇七・十二	寫於饒穎奇返鄉中國
戰鬥機	笠二六三期	二〇〇八・二	
鯨魚	笠二六三期	二〇〇八・二	
KTV	笠二六〇期	二〇〇七・八	
我的世界	笠二六〇期	二〇〇七・八	
懸疑	笠二六一期	二〇〇七・十	寫於〇七年二二八夜
志願兵的歸途	文學台灣六六期	二〇〇八・四	
朝代	笠二六一期	二〇〇七・十	
吾愛	文學台灣七〇期	二〇〇九・四	
偶像	笠二六一期	二〇〇七・十	
籍貫	笠二五七期	二〇〇七・二	〇六年九月凱道詩抄
通緝犯	笠二五七期	二〇〇七・二	〇六年九月凱道詩抄
道歉	笠二五七期	二〇〇七・二	〇六年九月凱道詩抄
革命家的塑像	笠二五七期	二〇〇七・二	〇六年九月凱道詩抄
狠角色	笠二五七期	二〇〇七・二	〇六年九月凱道詩抄

台灣紅	笠二五七期	二〇〇七・二	〇六年九月凱道詩抄
紅場	笠二五七期	二〇〇七・二	〇六年九月凱道詩抄
窗戶	文學台灣六九期	二〇〇九・一	寫於陳水扁羈押北所
自由	笠二七二期	二〇〇九・八	
事件	台灣現代詩十九期	二〇〇九・九	
寄居蟹	文學台灣七一期	二〇〇九・七	
這是個壞主意	笠二六九期	二〇〇九・二	寫陳雲林來台事件
傷口	文學台灣七〇期	二〇〇九・四	
繁殖論	笠二七一期	二〇〇九・六	寫於一九七五蔣介石死後
魚缸與魚	台灣現代詩十期	二〇〇七・六	
魚與晚霞	台灣現代詩十一期	二〇〇七・九	
生殖	笠二五八期	二〇〇七・四	
公雞	笠二五八期	二〇〇七・四	
威士忌廣告	笠二五八期	二〇〇七・四	
茶之邂逅	笠二七二期	二〇〇九・八	

國家圖書館出版品預行編目

國土 / 郭成義著. -- 一版. -- 臺北市：秀威資訊科技, 2009. 11
面； 公分. --（語言文學類；PG0288）

BOD版
ISBN 978-986-221-296-7（平裝）

863.51　　　　98017089

語言文學類　PG0288

國土

作　　者 / 郭成義
發 行 人 / 宋政坤
執行編輯 / 黃姣潔
圖文排版 / 鄭維心
封面設計 / 陳佩蓉
數位轉譯 / 徐真玉　沈裕閔
圖書銷售 / 林怡君
法律顧問 / 毛國樑　律師
出版印製 / 秀威資訊科技股份有限公司
台北市內湖區瑞光路583巷25號1樓
電話：02-2657-9211　傳真：02-2657-9106
E-mail：service@showwe.com.tw
經 銷 商 / 紅螞蟻圖書有限公司
台北市內湖區舊宗路二段121巷28、32號4樓
電話：02-2795-3656　傳真：02-2795-4100
http://www.e-redant.com

2009 年 11 月　BOD 一版
定價：200 元

讀　者　回　函　卡

感謝您購買本書，為提升服務品質，煩請填寫以下問卷，收到您的寶貴意見後，我們會仔細收藏記錄並回贈紀念品，謝謝！

1.您購買的書名：______________________________

2.您從何得知本書的消息？

☐網路書店　☐部落格　☐資料庫搜尋　☐書訊　☐電子報　☐書店

☐平面媒體　☐ 朋友推薦　☐網站推薦　☐其他__________

3.您對本書的評價：(請填代號　1.非常滿意 2.滿意 3.尚可 4.再改進)

封面設計____　版面編排____　內容____　文/譯筆____　價格____

4.讀完書後您覺得：

☐很有收獲　☐有收獲　☐收獲不多　☐沒收獲

5.您會推薦本書給朋友嗎？

☐會　☐不會，為什麼？____

6.其他寶貴的意見：____

____

____

____

讀者基本資料

姓名：____________________　年齡：______　性別：☐女 ☐男

聯絡電話：________________　E-mail：____________________

地址：____

學歷：☐高中(含)以下　☐高中　☐專科學校　☐大學

☐研究所(含)以上　☐其他_______________

職業：☐製造業 ☐金融業 ☐資訊業 ☐軍警 ☐傳播業 ☐自由業

☐服務業 ☐公務員 ☐教職　☐學生 ☐其他__________

請貼
郵票

To：114

台北市內湖區瑞光路 583 巷 25 號 1 樓

秀威資訊科技股份有限公司　　收

寄件人姓名：

寄件人地址：□□□

(請沿線對摺寄回,謝謝!)

秀威與 BOD

BOD（Books On Demand）是數位出版的大趨勢，秀威資訊率先運用 POD 數位印刷設備來生產書籍，並提供作者全程數位出版服務，致使書籍產銷零庫存，知識傳承不絕版，目前已開闢以下書系：

一、BOD 學術著作—專業論述的閱讀延伸
二、BOD 個人著作—分享生命的心路歷程
三、BOD 旅遊著作—個人深度旅遊文學創作
四、BOD 大陸學者—大陸專業學者學術出版
五、POD 獨家經銷—數位產製的代發行書籍

BOD 秀威網路書店：www.showwe.com.tw
政府出版品網路書店：www.*gov*books.com.tw

永不絕版的故事・自己寫・永不休止的音符・自己唱